L'ami de Dominique
n'aime pas l'école

COLLECTION « DOMINIQUE »

Jean Gervais

L'ami de Dominique n'aime pas l'école

Dominique 5

Illustrations de Claudette Castilloux

Boréal  jeunesse

© Les Éditions du Boréal 2014
Dépôt légal : 1er trimestre 2014
Bibliothèque et Archives nationales du Québec

Diffusion au Canada : Dimedia
Diffusion et distribution en Europe : Volumen

*Catalogage avant publication de Bibliothèque et Archives nationales
du Québec et Bibliothèque et Archives Canada*

Gervais, Jean, 1946-

   L'ami de Dominique n'aime pas l'école

   (Collection Dominique ; 5)
   Édition originale : 1989.
   Pour enfants.

   ISBN 978-2-7646-2310-7

   1. Enfants en difficulté d'apprentissage – Ouvrages pour la jeunesse. I. Castilloux,
Claudette. II. Titre. III. Collection : Gervais, Jean, 1946- . Collection Dominique ; 5.

LC4704.73.G47   2014   j371.9   C2013-942401-6

ISBN PAPIER 978-2-7646-2310-7
ISBN PDF 978-2-7646-1064-0
ISBN ePUB 978-2-7646-1065-7

À Catherine…

*… Marc-André, Benoît, François, Cathou,
Nicolas, Francis, Mélanie, Guillaume, Vincent,
Julien, Mélissa, Marie-Andrée, Annie, Nathalie,
Anouk, Jean-François, Emmanuel, Élizabeth,
Esther, Julie, Marc-Antoine…*

— Relaxe ! Relaxe, François ! crie Dominique
passant à bicyclette.

« Facile à dire ! » se dit François,
qui marche dans la rue en regardant
son cahier de mathématiques. Quand
on n'aime pas l'école, c'est difficile
d'être un enfant !

Or, justement, François n'aime pas l'école.
Il la déteste depuis la maternelle.
Il se souvient encore de ce jour où il devait
se rappeler son numéro de téléphone.
Même après l'avoir répété et répété
avec sa mère, il n'a jamais pu le dire correctement.
Tous les autres ont réussi.

François voudrait être malade tous les jours
pour ne pas avoir à aller à l'école.
Même aller chez le dentiste, c'est mieux. Julien,
lui, est chanceux, il est souvent malade. Alors
il peut rester chez lui. C'est toujours les mêmes
qui ont les maladies, c'est pas juste !

Encore ce matin, au moment de son départ
pour l'école, François et son père se sont disputés.
C'est la faute de Madeleine, sa professeure.
Elle écrit souvent des choses dans son cahier.
C'est toujours les mêmes qui doivent
faire signer les parents dans leur cahier,
c'est pas juste !

Madeleine avait noté : « Encore dans la lune,
le cher François ; s'il le voulait, il réussirait
tellement bien. Attention, François,
de bien étudier tes tables de multiplication pour
la leçon de mathématiques de demain. »

— Et c'est ce matin que tu me montres
ton cahier ! dit son père.

Ton problème, c'est que tu es paresseux.
Je suis fatigué de rencontrer les professeurs
pour entendre les mêmes choses : « Est-ce
qu'il étudie ? » « Le surveillez-vous lorsqu'il fait
ses devoirs ? » « Il oublie souvent ses cahiers. »
« Pourtant, sa sœur… »

C'est toujours les mêmes parents
qui se rencontrent à l'école. Pour eux,
ce n'est jamais écrit : « Aucune difficulté majeure,
une brève conversation téléphonique suffirait. »
— Tu es mieux de les savoir, tes tables
de multiplication, sinon tu étudieras
toute la soirée ! Pas question de jouer
avec ta collection d'autos comme
tu l'as fait hier !

« 4 x 3 = 12

4 x 4 = 16

4 x 5 = 20 »,

se répète François en se rendant à l'école.

« Salut François ! » lui lancent Mathieu
et Marie-Hélène en passant près de lui.
Mais il n'entend rien !

« 4 x 6 = ?   4 x 6 = ?   4 x 6 = ? »

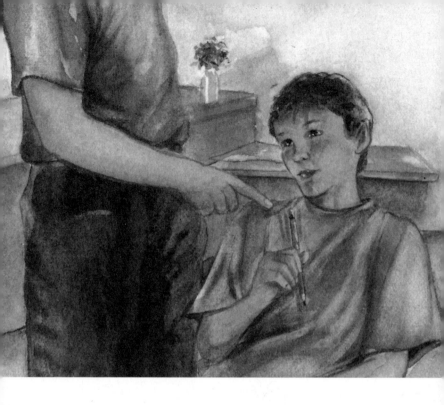

Dans la classe, François ne se souvient
plus de rien.

Une fois de plus, il a raté son examen.
Assis à son pupitre, il rêve…

Madeleine dit qu'il est souvent dans la lune.

Elle le sait parce que, dit-elle, il n'y a
pas d'étincelles dans ses yeux. Ce n'est pas
la faute de François, sa tête part toute seule.

François songe au garage qu'il veut construire
pour ses voitures. Peut-être que papa m'aidera
s'il n'est plus fâché…

— François ! toujours dans la lune… ? questionne
Madeleine.

Allons ! c'est le temps de la récréation !

— Tu viens jouer au ballon ? lui demande
Dominique.

Dominique est l'ami de François.
Au début de l'année, ils étaient assis
côte à côte dans la classe.

Mais Madeleine les a séparés à cause
des blagues qu'ils faisaient.

— C'est pour vous aider, a-t-elle expliqué.

Dans la cour, les enfants forment les équipes
de ballon. Geneviève et Simon sont les chefs.
Simon, c'est celui qui a les cheveux roux ;
mais il ne faut pas lui en parler parce qu'il fait
de grosses colères.

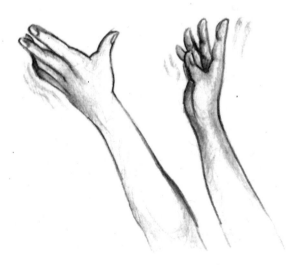

Geneviève choisit d'abord Mathieu. Simon, lui, demande Nathalie ; puis passent Mélanie, Benoît, Dominique, Cathou, Marie-Hélène…

À la fin, il ne reste que… François.

— O.K. ! tu viens avec moi, lui dit Simon.

C'est toujours comme cela, François est choisi le dernier. Il n'est pas très bon au ballon.

— De toute façon, c'est un jeu stupide ! dit-il.

Aussi François n'aime pas les récréations. Raison de plus pour détester l'école !

Ce soir-là, le père et la mère de François
ont une longue conversation au téléphone.

— Ça ne va pas bien pour François
à l'école ! Il t'en parle, lorsqu'il va chez toi ?
Faut dire que je ne suis pas très patient
depuis notre séparation… Tu as raison,
ça remonte à la maternelle, ses problèmes…
Pourtant il passe des heures devant ses livres.
Il doit rêver plutôt qu'étudier.

François a pleuré au téléphone en parlant
avec sa mère.

— Je ne veux plus aller à l'école…
C'est trop difficile… Oui, je t'aime… mais
je ne veux plus vivre si je dois aller à l'école !

— Je vais t'aider ce soir. L'important,
c'est l'effort, lui explique son père. On va faire
tes devoirs et puis ça ira mieux demain.

À l'heure convenue, les voilà tous deux installés pour réviser les mots de vocabulaire.

— Une petite heure, pas plus, a promis son père. Épelle « chapeau ».

— C-H-A-P-E-A-U, dit François.

— « Clôture ».

— C-L-O-T-U-R-E.

— Il manque quelque chose, François !

— Ah oui ! L'accent circonflexe sur le « o ».

— « Catastrophe ».

— C-A-T-A-S-T-R-O-F-E.

— « Catastrophe », répète son père.

— C-A-T-A-S-T-R-O-F-E.

— P-H-E, François ! P-H-E ! Au moins,
porte attention, ne répète pas la même chose !
Tu le fais exprès ?

Ça y est, son père est fâché.

— Écris-le dix fois et rappelle-moi
quand c'est fait !

Il sort en claquant la porte.

La semaine suivante, à l'école, chaque enfant
doit présenter à la classe un passe-temps favori.

Sophie apporte sa collection de gommes
à effacer ; Mathieu, sa collection de monnaie ;
et Simon, sa collection de médailles de sports.
Dominique parle des macarons qu'il amasse
depuis qu'il est tout petit. Catherine explique
comment on apprend le karaté et Geneviève,
comment on joue de la flûte à bec.

— Et toi, François, de quel passe-temps
nous parleras-tu demain ? demande Madeleine
à la récréation.

— Je ne sais pas, dit François.

— La semaine dernière, ton père m'a dit
que les petites autos t'intéressent beaucoup.
Et puis Dominique m'en parle souvent.
Pourquoi ne pas les apporter ?

— Ce n'est pas un passe-temps, c'est des jouets !
répond François.

Madeleine décide François à présenter
sa collection de petites autos.

Jeudi matin, chaque auto porte une étiquette. La veille, François et son père ont travaillé une heure à faire des étiquettes « sans faute d'orthographe ».

Devant la classe, François explique la différence entre les modèles, donne l'année de production et le pays de fabrication.

À la fin, les enfants applaudissent très fort…

— Pourquoi ne pas organiser une exposition de petites autos dans la classe ? suggère Madeleine.

— François sera le responsable à qui chacun
pourra apporter des modèles différents.

Les jours suivants, les enfants, encouragés
par Madeleine, apportent des petites autos.
Avec François, ils les étiquettent et les rangent
dans la section appropriée. François ajoute
sur des fiches des informations qu'il a découvertes
dans l'encyclopédie de son papa.

En classe de français, Madeleine apprend
aux enfants à nommer et à écrire correctement
les parties d'une voiture.

En classe de géographie, on situe sur le globe
terrestre les pays où sont fabriquées les autos.

La directrice de l'école, des professeurs
et des parents sont venus visiter l'exposition
aujourd'hui. Tous sont émerveillés. Huguette,
une professeure de la classe des grands, avec qui
tous les enfants parlent à la récréation, a demandé
à François s'il accepterait d'aller présenter
la collection à ses élèves. Très fier, François
a dit oui.

Peugeot
1920

Quelques semaines plus tard, un vendredi soir…
Le père de François le découvre affairé
dans sa chambre avec un grand carton
et la plus longue règle de la maison.
Trop occupé à mesurer, François ne l'entend
pas venir.

— Un garage pour 4 voitures de 6 centimètres
de largeur devra mesurer… 24 centimètres.

— Tu fais encore des devoirs de maths
à cette heure ?

— Non ! je fais des plans pour construire
un grand garage pour nos voitures à l'école.

Le père de François reste songeur. Il quitte
la chambre, puis revient sur ses pas.

— J'oubliais, Madeleine m'a appelé aujourd'hui
pour me dire qu'elle est très contente de toi…
et puis qu'elle voyait des étincelles dans tes yeux
à l'école ! Tu y comprends quelque chose ?

Mot aux parents

Comme François, votre enfant a peut-être de bien piètres résultats scolaires. Pour lui l'école est un mauvais moment à passer. Vous vous demandez à l'occasion : est-il aussi intelligent que les autres ? pourra-t-il faire son secondaire ?

Pourtant il manifeste beaucoup d'entrain dans ses passe-temps favoris. Il a de plus une bonne imagination, s'intéressant à un tas de choses qui n'ont surtout pas rapport avec l'école. On dit de lui qu'il est très sensible ou encore qu'il a des exigences à ce point élevées qu'il refusera à l'occasion de s'adonner à une activité faute d'y exceller !

Rassurez-vous, votre enfant n'a pas de graves problèmes psychologiques ! Il fait sans doute partie de cette population d'enfants intelligents qui ne réussissent pas à l'école. De nombreux écoliers supérieurement intelligents ne produisent pas selon leur potentiel. Beaucoup d'entre eux ont comme François des troubles d'adaptation en classe : problèmes de concentration, d'isolement, d'agitation ou même d'agressivité. Ils ne trouvent pas leur place dans le cadre scolaire, où tout est prévu et organisé ; l'unique chemin proposé pour apprendre ne leur convient pas.

Comme François, chaque enfant a sa façon d'apprendre… Il faut mettre le temps et l'énergie pour la découvrir.

Aux prises avec un enfant intelligent qui accumule maigres résultats et échecs scolaires, que faire ? Le changer d'école ? Le confronter à des méthodes pédagogiques différentes ? La chose n'est pas toujours possible bien que cela puisse donner de bons résultats !

Au lieu de multiplier les heures d'études à la maison, expérimentez de nouvelles façons de faire. Par exemple, de courtes périodes d'étude avec l'enfant peuvent être plus profitables que de longues séances. Encouragé par des objectifs à court terme et anticipant la possibilité de retourner rapidement à ses jeux, l'enfant est motivé à mieux travailler.

Valorisez ses intérêts, utilisez son imagination et ses passe-temps pour qu'il découvre le plaisir d'apprendre et réalise à quoi c'est utile.

N'insistez pas sur ses échecs, mettez en évidence ses plus petits succès. Ingéniez-vous à lui faire vivre des réussites.

Grâce à vous il saura qu'il peut être bon, lui aussi.

Un enfant qui ne vit qu'insuccès dans ses activités scolaires et parascolaires déteste l'école. Nous éprouverions pareil sentiment si nous vivions une situation semblable au travail… L'enfant heureux à l'école est celui à qui adultes et enfants reconnaissent des habiletés particulières.

Discutez avec votre enfant de ce qui lui plaît ou non à l'école. Il a des difficultés ? Demandez-lui comment vous pourriez l'aider. Se culpabiliser comme parents ou vouloir plus que l'enfant est inutile. Le dialogue avec les enfants, quels que soient les problèmes, donne toujours de meilleurs résultats que les exercices d'autorité.

Faites-vous un allié du professeur pour discuter des solutions. Ne le critiquez pas devant l'enfant. Établissez entre éducateurs une complicité pour transmettre à l'écolier un message unanime de confiance en ses capacités.

Apprenez à votre enfant à associer résultats et efforts. Il peut expérimenter la discipline à travers le développement d'un intérêt, une responsabilité à l'intérieur ou à l'extérieur de la maison (comme camelot, par exemple).

Tout comme pour François dans notre histoire, il suffit souvent d'un peu de créativité de la part des adultes pour transmettre à l'enfant démotivé l'impression d'« être capable ». Ce sentiment d'« être bon dans quelque chose », en plus de donner à l'élève le goût de se rendre à l'école chaque matin, est à long terme une excellente garantie d'épanouissement personnel.

JEAN GERVAIS, Ph. D.
Psychoéducateur

Note

*Toute personne ayant des commentaires, des remarques
ou des suggestions à transmettre à l'auteur de ce livre peut lui écrire
à l'adresse suivante :*

Jean Gervais, Éditions du Boréal
4447, rue Saint-Denis
Montréal (Québec) H2J 2L2

Remerciements

L'auteur remercie pour leur collaboration à la série Dominique Mmes Minh Trinh (documentaliste à l'Université de Montréal), Murielle Riou et Lyse Desmarais pour leurs conseils et leur expertise dans la rédaction de ce livre.

Il est également reconnaissant aux parents, professeurs et enfants qui ont contribué à cet ouvrage : les élèves de 4e année de l'école Ludger-Duvernay, CECM (1988-1989) et leur professeur Mme Huguette Léveillé, Mmes Jocelyne Poulin, Viviane St-Onge, Diane Germain, Francine Castilloux, Adèle Ferragut, MM. Marc Quintal, Serge Larivée, Joseph Beltempo, les éducateurs et éducatrices du SAM (CJM).

L'illustratrice remercie pour leur collaboration Mme Marie-Claire Bouchard et M. Denis Banville, ainsi que ses modèles, MM. Marc Castilloux, Maxim Fortin et Simon Sauvé. Elle veut aussi remercier d'une façon spéciale Mme Carole Thiffault et les élèves de sa classe.

CRÉDITS ET REMERCIEMENTS

Les Éditions du Boréal reconnaissent l'aide financière du gouvernement du Canada par l'entremise du Fonds du livre du Canada (FLC) pour leurs activités d'édition et remercient le Conseil des arts du Canada pour son soutien financier.

Les Éditions du Boréal sont inscrites au Programme d'aide aux entreprises du livre et de l'édition spécialisée de la SODEC et bénéficient du programme de crédit d'impôt pour l'édition de livres du gouvernement du Québec.

Ce livre a été imprimé sur du papier 100 % postconsommation,
traité sans chlore, certifié ÉcoLogo
et fabriqué dans une usine fonctionnant au biogaz.

Les Éditions du Boréal
4447, rue Saint-Denis
Montréal (Québec) H2J 2L2
www.editionsboreal.qc.ca

MISE EN PAGES ET TYPOGRAPHIE :
LES ÉDITIONS DU BORÉAL

ACHEVÉ D'IMPRIMER EN JANVIER 2014
SUR LES PRESSES DE L'IMPRIMERIE GAUVIN
À GATINEAU (QUÉBEC).